정릉천 물소리

박병대 시집

불교문예

■ 시인의 말

해 뜨면 밝음을 노래합니다
해 지면 어둠을 노래합니다
달 뜨면 그리움을 노래하고
달 지면 허무를 노래하고
별 뜨면 희망을 노래하고
별 지면 눈물을 노래했습니다
.
.
.
.
.
한마음으로 노래하면 힘이 되기에
고독이 고독을 찾아갑니다

2021년 7월

영락헌靈樂軒에서 박병대 합장

|차례|

■ 시인의 말

1부

2부

3부

4부

I부

카페

눈동자가 맑았다
천진한 웃음소리는 맛깔스러웠다
배움의 열망이 예리한 칼날처럼 번쩍거렸다
보도블록 틈새에 솟은 낮은 풀이었고
낮은 데로 흐르는 물이었다

극기로 연명하는 푸르고 싱싱한 삶
꽃뿌리 딛고 꽃핀다는 믿음 간직한
그녀는 낮은 것을 사랑하여
상호도 리틀피플 카페 사장님이다

시詩 쓰고 싶다고 말하였다

아메리카노 마시며
낮은 것들 보듬고 눈물도 흘릴 거라는 믿음 심었다
카페 나서는데
다음부터는 꼭 커피 안 드셔도 되어요

상냥한 미소로 말하였다

리틀피플은 푸른 생명을 보듬고 있었다
처음 카페에 갔을 때 그녀에게 물었다
마음이 얼마나 예쁘길래 아름다운 카페를 하나요
하늘을 보니 맑았다

묵묵한 사랑

한 자리에 우뚝 기상을 세우고
나무는 홀로 사랑합니다
묵묵히 따뜻한 마음을 주기만 합니다
나뭇잎마다 사랑이 되어
따가운 햇볕 아래 그늘 자리 만들지요
나무처럼 묵묵히 사랑하세요
임을 위로하는 따뜻한 말 한마디
따뜻한 손길이 잡아주는 손
따뜻한 미소로 다정하게 바라보는 눈길
천천히 달아오르는 가마솥처럼
묵묵한 사랑을 하세요
청실홍실 엮이는 날은
외롭고 고독했던 날들이 가고
사랑의 역사가 시작되는 날
사랑은 사랑한다 말하지 않고
사랑하는 것이 사랑입니다
촛불처럼 은은한 불빛 같은 사랑으로
무궁한 행복이 있기를 기도합니다

정 1

바쁜 세상에서
바쁘게 산다는 게
행복이겠지

며칠만이라도
잠이나 푹 자고
여행이라도 했으면

그런 희망
생각한다는 게
행복이겠지

바쁘다는 행복도 좋지만
아무리 바빠도 가끔씩
정 쌓으며 사는 것도 좋지

너 2

사랑을 꿈꾸는 것도 아닌데
생각이 물처럼 흘러가다
너에게 닿으면 멈추어
깊이 고여 일렁이는
호수가 되는지
바람, 부는 것도 아닌데
마음속 흔들리는 이파리
낙엽으로 수북이 쌓이는지
애면글면 밤새워 뒤척이는
외사랑 업을 전생에 지었는지
마음 아픈 것도 아닌데
저녁마다 찾아오는 노을처럼
네 생각이 자꾸만 나는
내가 왜 이런지 몰라

꽃은 나 같아서

딛고 일어설 곳 있어
마음 할퀴는
고독도 눈을 뜬다

홀로 빛나는 색채
눈부시게 찾아온
한 밤 마음의 펄럭임

꽃은 나 같아서
우듬지에
홀로 일어선 고독이다

플레이어에
CD 삽입하여
로망스를 듣는다

당신을 향하여

몸뚱이를 쏘았어요
시속 4km의 몸뚱이에
차츰차츰 가속이 붙어
불 붙었어요

펄펄펄 열 오르고
활활활 불타며
몸뚱이에 불꼬리 달고
날아가요

잔재의 불꽃 날리며
잠깐
불줄기로 남긴 한 획은
당신을 사랑한다는 증표이지요

옷자락 펄럭이는 것을 보셨다면
불꼬리 달고 사라지는 것을 보셨다면

잔재마저 사라진 푸른 하늘 되어
당신을 품은 거예요

붉은 노을 품고 가는 구름도
바람에 흔들리는 나뭇잎도
잔잔하게 흘러가는 강물도
허공이 당신께 드리는 선물이에요

봄날에

허공은 뿌리 없는 침묵이었지
만물은 소리 내고 있었지

낮도 따라서 침묵하였고
만물이 움직이고 있었지

밤도 잠들어
덩달아 침묵하였지

침묵이어도 시퍼렇게
봄눈처럼 뜨고 있었지

흙에 묻힌 씨알들 소리 없어도
흙 딛고 파릇파릇 일어서고 있었지

비로소 꽃향기 향기로웠지
비로소 흐르는 물소리 들렸지

침묵은 꽃이 되어 말했지
찬란한 봄날이라고

봄비

온종일
하늘에서
생명이 쏟아져 내립니다

거리를 거닐며
싱싱해지는
내 생명을 봅니다

대지에 솟아나는
파릇한 풀잎이 반갑고
정겹고 눈물겹습니다

꽃이 당신에게로 가는
봄이 왔습니다
당신도 한 송이 꽃이 됩니다

나뭇잎의 소망

당신은
높고 푸른 가을하늘입니다
여름으로 떠났던 이파리
이제는 돌아와
당신의 푸른 가슴에서
단풍들고 싶습니다
하늘에 물든 붉은 노을로
단풍 물 곱게 내어
당신을 물들이고 싶습니다
가을의 깊은 밤에
풀벌레 소리 허공에 물들 듯이
촛불 그림자 완자문에 물들 듯이
당신과 함께 단풍 들고 싶습니다

가을에

바람이 차가워지고
그 깊음이 더해지며
고독이 눈뜨는 사랑도 꿈틀대는데
뼈가 시려온다
올 것이 왔나 보다
감당하기 버거운 날들

고독이 시린 하늘이라면
사랑은 훨훨 타는 단풍이겠지

예지豫知는 때가 아니라고 귀띔을 한다
뼈 식어가는 가을에 깊어야 한다고
고독을 더 씹어야 한다고……
시린 뼈마다 따뜻한 눈 뜰 때
홍시처럼 빨갛고 말랑말랑할 때
사랑의 불을 켜야 한다고

용접

차가운 소리로 서로를 거부했어
이글거리며 출렁댔던 자궁 속
화려했던 기억을 추억하며
검은 침묵의 상형으로 있었어

황톳물 같은 진액 흘리며
문둥이 발가락 떨어져 나가듯이
사라져 가는 일 없어야겠기에
백년해로의 언약을 듣고 싶었어

검은 몸에 숨어있던 동백이
수줍은 얼굴로 활짝 피었어
앵두 같은 입술 맞대고 있는
딸기 같은 열매일 거야

뜨거움이 잠들면 동백의 열정을
머루 빛으로 감추고 하늘을 볼 거야
지져대기만 해서 미워하고 있는지
석 잔 술 얻어먹지 못했어

흔적 지우기

당신의 신발이 놓여 있는데
팔짱 끼고 걸었던 많은 길에서 돌아오면
먼지도 추억되어 지층 만들고
오붓한 밥상머리 반찬 얹어주며
한 켜의 지층 들어내며 웃음꽃 피웠는데
흐르는 눈물로 신발 닦으며
흔적 지워도 반짝이는 당신
그리움마저 사랑하고 싶으셨나요
낮에는 해바라기 되어 당신 바라보고
밤에는 달맞이꽃 되어 당신 기다리면
그리워 지친 꿈속으로 오시려는지요
당신의 신발 신고 문밖에 서면
따뜻한 바람으로 오시려는지요
우리가 빗방울로 만나서
어느 골짜기 오순도순 흐르며
실개천 소리도 내어보고
여울목 굽이굽이 돌아가면서

강물 되어 흐르다 바다가 되었는데

넘실거리다 별 되어 훌쩍 떠난 당신

오늘 밤도 눈물 속에 들어와 반짝이는 당신

세상의 흔적 하나 지우면

풀숲에서 꽃 한 송이 피어나고

세상의 흔적 하나 지우면

밥상머리 빗방울로 오셔서 나를 적시는

천상의 당신

음률을 끌어내며

너나없이 가난했던 육십 년 대
저녁노을 아래 하모니카는 위안이었다

하모니카 선물 받으니 중학생 시절
즐겨 불었던 일을 잊고 있었다

연주할 수 있을까 반신반의하며
한음한음 길게 불었다

한 소절이 이루어지며 잊었던 노래가
얼레에 감긴 연줄 풀려나가듯 연주되었다

헤아려보니 오십사 년의 세월에도
몸뚱어리에 각인되어 살아있었다

입술 해어지는 것도 잊은 채
해 넘어가도록 신나게 불었다

뜸북 뜸북 뜸북새 숲에서 울고…
퐁당퐁당 돌을 던지자…
바위고개 언덕을 혼자 넘자니…
일송정 푸른 솔은 늙어 늙어…

.

.

.

높고 높은 하늘이라 말들 하지만…

날 저물어 목메어 부는 하모니카에
보름달처럼 새록새록 떠오르는 어머니
주르르 눈물이 흘렀다

연어

추위가 풀리던 날
홀연히
당신은 연어가 되어
떠났습니다

애린의 마음이
방울방울
눈물 되어
바다로 넘실댔습니다

남기고 떠난
피붙이 염려하며
방울방울
하늘로 가셨습니다

뜨거운 계절마다
피붙이 보살피러
머리에 빗방울로 오십니다
어머니

낙화의 독백

얼어붙은 땅에서 사나운 바람에 부대끼며
하늘 들이켜고 싶은 간절함으로 안달 났었지
발자국 소리가 들릴 때마다 마음 설레고
어둠의 문 흔드는 소리가 환청으로 들렸지
별은 밤마다 꽃대에 내려와 꽃망울을 기다렸고
솟아오른 풀들이 햇볕에 초록을 담금질하여도
꽃샘바람에 살기 위해 비수 같은 향기 감추고
꽃망울로 풀 비린내 풍기며 나가야 할 때를 기다렸지

별들은 밤마다 어서 나오라고 치근대고
바람은 쉼 없이 흔들며 불러댔어
따뜻한 봄볕을 처음 느꼈을 때 꽃망울 열려다가
악마의 달콤한 유혹 같아 나갈 때가 아니라고 생각했지
봄볕이 천사처럼 따뜻함을 더해가던 어느 날
푸른 옷 살짝 열어 속살을 조금 보여 주었지
철옹성 같은 꽃봉오리 본 사람들 꽃이 피네, 하였어

잎새로 들어온 바람이 시원하게 긁어줄 때마다
꽃잎 벌려주며 비수같이 숨겼던 향기 뿌렸어
풀 비린내는 초록의 향기가 되고
햇살은 찬란한 옷을 입혀주었지
벌은 내게로 와서 사랑받을 때가 되었다고 붕붕거리고
나비는 축하의 춤을 나풀나풀 추었어
아름답다고 사랑받는 감미로운 소리에 행복하였고
구석구석 들여다보며 사랑을 노래하는 시인으로 하여
나는 시詩가 되어 더욱 화려해졌지

사랑의 무게가 무거워질수록 오만함이 부풀어 올라
땅에 떨어져도 사랑받을 거라는 자만심으로 꽃대에
서 뛰어내렸어
따뜻했던 햇볕은 찬란한 옷을 벗기고
다정했던 바람은 굴려대며 꽃잎 떼어 날리고
무심한 발에 밟혀 찢기고 부서진 몸에는 허공이 들어
왔어

내 안의 비수 같은 향기가 나를 찔렀다는 것을 알았지

사랑은 사랑받는 자리에 있어야 찬란하다는 것을 왜
몰랐을까

오직, 시인만 나를 보듬고 노래하는 비가悲歌 들으며

살고 싶어 조심했던 풀 비린내 시절을 그리워하고 있어

내일, 모레에는 비가 온대요

1
풋풋한 학창 시절 처음 만난 이성
그녀와 홍릉 잔디밭 보름달 아래 앉아있을 때에는
기타 소리에 톰 존스의 딜라일라가 바람결에 들렸
었지요
학교를 졸업한 20세 봄날 결혼한다는 말에 아찔했
어요
결혼식 끝내고 북악스카이웨이 드라이브한다고…
그녀의 결혼식 날 비가 주룩주룩 내렸어요
지난날의 추억을 떠올리며 아리랑고개 북악스카이
웨이 입구에서
파란 비닐우산 쓰고 오랜 시간 기다렸지요
리본과 풍선으로 치장한 코로나 택시가 보이는가
싶더니
북악스카이웨이로 사라진 것은 눈 깜짝할 사이였
어요
빗속 긴 시간 기다렸던 후의 찰나는 완벽한 허무였
어요

내 마음을 바람도 아는지 받쳐 든 비닐우산
휘—익 뒤집었지요

눈물은 비에 섞여 흐르고 입에서는 노래가 흘러
나왔어요

너의 침묵에 메마른 나의 입술
.
.
.

이루어질 수 없는 사랑이었기에

비에 젖어 찰싹 달라붙은 남방 위로 빗물은 흐르고
노래는 입에서 되돌이 흘러나왔지요

뒤집어진 파란 비닐우산으로 애꿎은 아스팔트 쓸
어가며

돌아온 저녁 무렵 몸살감기가 지독하게 찾아왔었
지요

2

내일, 모레에는 비가 온대요

일기예보 듣고 집을 나섰어요

머리 비워내며 정릉천 풍경에 몰입했지요

천형의 유랑에서 벗어나지 못하는

물의 신음소리에 비애를 느꼈어요

정릉천에 몸단장하는 오리의 자맥질로

물에서는 동그라미가 겹겹이 피어나네요

돌 틈에서 올라온 푸른 생명의 빛을

내 몸에 치덕치덕 바르며 심호흡했어요

돌아가는 길에 블루밍스텔라 꽃방에 들러 아메리
카노 마시며

캘리그래피 카드에 강아지풀 안개꽃 수국 라벤더

주섬주섬 챙겨서 예쁜 묶음 하여 장식했지요

각시에게 선물할 가난의 찬란한 부끄러움 감추려고

수인번호처럼 가슴에 치켜들고 활짝 웃으며

마음 저린 고백을 찰칵 했어요

'언제나 고마운 당신의 사랑'

캘리그래피의 문구는 부자였어요

2부

나의 가을은

새파란 하늘이었고
새빨간 단풍이었다가
바람에 뒹굴며 터벅거리다가
노을 메고 사라지는 태양이었고
낙엽 덮고 잠드는 계절이었지

너를 만나 반갑다고 말했지
기력을 다한 태양 저물 듯이
저물어가는 가을 자락에서
술잔 들고 건배하며 단풍든 얼굴로
쓸쓸한 것들 털어내며 웃었지

어둠 속 어깨 걸고 걸으며
고독해서 쓸쓸한 거라고 말하면
외로워서 그렇다고 말하는 너
서로가 침 튀기며 티격태격하다가
퇴색된 단풍 되어 손 흔들며 안녕하였지

의문의 계절

단풍의 색채는 왜
황홀하게 휘발하는 것일까

산책하며 낙엽은 왜
밟는 것일까

화려한 계절임에도 왜
쓸쓸함이 오는 것일까

을씨년스런 정경에 왜
눈시울 젖는 것일까

가을을 거부한 푸른 풀은
무슨 꿈을 꾸고 있는 것일까

나의 가을은 단풍일까
쿠데타를 꿈꾸는 푸름일까

가을나무

가을 끝머리에 넉넉히 흐르는 빗물
바삭한 나뭇잎이 안간힘으로 매달려있다

한해살이 푸름도 망각한
단풍 든 몸으로 영화롭게 한들거렸다

푸른 시절 세월에 빛바랜 낙엽
최후의 몸짓은 춤추며 떨어지는 거였다

낙숫물 소리는 무심한데
울적한 심사는 공연히 오는 것이 아니다

젖은 옷에 흐르는 빗물은 소리 없는데
철마는 젖은 소리로 달려간다

후생에서도 이파리 피어나는 것을 아는
나무는 장송곡을 모른다

나무에게 말하다

너는 또 겨울을 이기고
빈 가지 눈 틔워 유전하는 연두
바람에 익은 초록 입고
푸른 청춘으로 우수수거렸지

거룩한 삶의 빛깔로 물든 화려한 물색은
경건한 사연이 우러난 본색으로
바람의 시련에 초록 밀어내며
쉼 없이 넘어온 고독이었지

욕심 없는 삶은 미련도 두지 않으니
눈감고 떠나는 소신공양은
생명 살리는 거룩한 길이니
나뭇잎 눈 감는다고 슬퍼하지 말아라

너는 불변의 기약을 알기에
가지마다 눈꽃 피워 시린 춤 추며
눈부신 봄의 찬란함으로 들어가
새싹 파릇파릇 피워 올리지 않겠느냐

여정

푸르스름하니
첩첩 능선 아래 피어나는
어느 농가 연기 아래 가마솥에서
기름진 백곡 끓고 있구나
단풍 누리 우수수 떨어져 가는
만추의 시름 거두며
텅 빈 마음 드러난
쓸쓸한 들녘 가득한 바람
어느 아낙 들녘 길 가로지를 때
소담스런 머릿결 서늘하게 출렁이고
게슴츠레 내려앉는 어둠 속으로
세상사 만 시름 묻히어 가면
아득히 먼 곳에서 찾아오는 고요

고독 5

고독은 껌처럼 달라붙어 술이라도 마시면
가슴에 빙산 하나 생겨납니다

낮에는 낮대로 밤에는 밤대로
고독이 고독을 만나 흔들리고 싶습니다

꽃의 고독이 아름다운 것은
함께 흔들리기 때문입니다

고독이 고독을 찾아가는 까닭은
당신의 고독이 나에게는 힘이 되기 때문입니다

문명세태

문득 쓸쓸해지면
그리움이 여기저기 기웃거리고
외로움에 젖은 고독은
노을 같은 정이 그립다

머뭇거리고 기웃거리다 들어간
꿈속에서도 찾아오는 이
기척도 없다

술병 들고 기척 내는 이
이다지도 없는 어떤 사람
헛산 것을 일깨운다

나
보고 싶은
어떤 사람
어디 없소?

환청

가끔 생각나는 사람
마주 앉아 소곤대며
껍데기 홀랑 뒤집어
툭툭 속내 털어주던 사람

어떤 날에는 그리움으로 하루 지내고
문득 생각나는 달빛 젖은 밤에는
행여 소식 주려나 서성이면
생각에 파고드는 반가운 소리

허공 흔들며 느닷없이 달려온
헛소리도 망막에 맺히는 환상으로
끈적한 불망의 문신 그리면서 사라진
수신 벨소리에 허전함이 찾아온다

가뭇한 침묵으로
잠들어 있는 손전화기에
헛헛한 눈길 하나 주고
우러난 다향에 묻혀 차를 마신다

여인아

여인아
눈맵시
아리따운 여인아

너를 보면
억장가슴 무너지는
소리가 들려

추운 그늘에서
세상 양지 찾느라
편한 눈 감아보지 못했던 것을

너를 생각하면
아슴푸레 촉촉이
눈시울 붉어져

질경이로
푸르게 피어온

아픈 비바람

모질어도
질기게 버텨내는
아름다운 여인아

너를 보면
억장가슴 솟아오르는
소리가 들려

질경이 줄기에 이는
바람 가르는
소리가 들려

음지
불 밝히는
빛줄기가 보여

대나무 같이
아픔의 획을 긋는
마디, 볼 수 없지만

너를 생각하면
소나무 송진 같은
너의 혼이 보여

달무리

묵청墨靑빛 밤하늘에 맑은 자태로
누구를 부르는 그리움이기에
구름에 밝은 그늘 만들었느냐

고요도 괴괴하여 두려워 떠는 사람
다독이며 함께 울어줄
누군가 오기를 기다리느냐

밤 나그네

눈멀어 가는 더듬질도 황망한 길에
너의 그늘에서 펑펑 울어도 좋으련만
구름에 앉은 그늘 거두어 가는 바람

애끓는 등불 앞세우고
홀로 넘어가는 서산 하늘
달아
님아
달아
님아

사는 것만큼은

누가 나에게
시詩같이 살래 동화같이 살래 하고 묻는다면
동화같이 살겠다고 대답하겠다

시詩같이 사는 것은
응축된 얼음과도 같은 것
사색과 방황과 생각이 버무려져
응축을 풀어가며 결론에 도달하는 것
무거운 짐 내려놓기까지
핍진의 질곡 수없이 넘어야 하는
불타는 가슴의 화형식
뜨거워도 얼음처럼 냉정한 결정이어야 하는 것

동화같이 사는 것은
사색과 방황과 생각을 필요로 하지 않고
의미 묻지 않는 과자봉지 과자처럼
번뇌 없이 쌈빡하게 결론에 도달하는 것
흙으로 두꺼비집 짓듯이

막대기 쳐들어 칼싸움하듯이
굴렁쇠 굴리며 신나게 달리듯이
호기심으로 가슴의 심장 뛰듯이
사는 것만큼은 동화같이 살아야지

황홀한 고백

어둠 속 침묵으로 있다가
파랗게 빛나는 눈부신 하늘
따뜻한 봄기운에
나무는 새싹을 피우고
초록으로 덮이는 산야에는
들꽃이 피어난다

물 흐르는 소리가 들리고
빙벽은 폭포 되어 높아진 물소리
눈을 열고
코를 열고
귀를 열어
빗장 열린 소리를 듣는다

아름다운 것들의 하모니
너의 사랑이 아프듯이
들꽃 한 송이가 또 피어난다
눈물겹게 듣는 생명의 소리
봄나물 올려진 저녁 밥상
입마저 황홀하게 열었다

숲 속 동화마을

태초의 순수가 마을이 되어
동화를 이루는 숲
저마다 더하는 따듯한 마음으로
푸르게 살고 있는 스머프들이 있다
나뭇가지 사이로 햇줄기 앉으면
쪼롱쪼롱 새들이 노래하고
달빛에 귀뜨르 풀벌레 울면
능짓불 밝혀놓고 쓰는 맑은 이야기
숲 속 샘물에 동동 달도 뜨는
청량한 숲 속 동화마을
사나운 바람 찾아와 겸손해지면
풀숲에서 활짝 꽃송이 피어나고
뜨거운 바람 찾아와 청량해지면
너도나도 피어 꽃동산 만드는
숲 속 동화마을로 가고 싶다

살림살이

싱크대는 살림을 씽크
빛나는 그릇들은 벌린 입으로 씽크
냄비는 뚜껑 닫힌 입으로 씽크
프라이팬은 그것들보다 넉넉한 입으로 씽크
여러해살이마다 살림이 있어
수도꼭지 열면 쏟아지는 씽크
싱크대의 일기장 끝말은
오늘도 살림이라 적어놓고 씽크

씽크는 나에게 물었다
"살아있기는 한 거니"
"응!"

"살림살이 잘하고 있어?"
"응!"

정말 그런가
씽크

깜빡

각시님 외출하셨다

보약 데워먹으려 주전자 올려놓았다

서재에 뒤죽박죽 쌓여있는

카세트테이프 정리하는데 푹 빠졌다

아 차 보약

부리나케 나가보니 화덕 내가 진동하고

주전자 뚜껑 열어보니 보약은 사라지고

밑바닥은 새까맣게 탄 채 맹렬한 열기를 뿜어냈다

아 구~ 큰일 났네…

각시님 오시기 전에 닦아야겠네…

화덕 내 나가게 모든 창문 열어놓고

수세미로 빡빡 밀어도 닦이지 않아

돌가루 함유된 치약으로 빡빡 닦았다

화상이 벗겨지고 있었으나

옹골진 녀석은 닦이지 않아 과도로 긁어냈다

휴우~ 깨끗하다

각시님 들어와도 주전자 태워 먹은 거 모를 거야

히히~

따뜻한 벗

-유태석

전화가 왔다
"저녁 먹었니?"
"응, 지금 막 먹었어"
"밥맛도 없어 술이나 먹으려고"
"내가 같이 있어 줄까?"
"너 꼼장어 좋아하니?"

낮에 열심히 일하는 벗의 모습을 보며
틈틈이 대화를 나누다 파장에 돌아온 두 시간 후였다
신장개업한 장어집에서 만나 꼼장어를 구우며
새벽안개처럼 피어오르는 연기를 가운데 두고
삶의 현장에서 사람들과 부대끼는 이야기 들어가며
못마땅한 벗에 대한 푸념도 하며 술잔을 부딪쳤다

조금 전에 헤어졌어도 너의 전화가
참 반갑고 기뻤었다는 말에
웃음꽃 피우며 흐뭇해하는 벗의 모습을 보았다

약초 하러 다니는 분을 알게 되어
약초 하는 연장 하나 선물하고 싶어
오랜만에 만물을 판매하는 벗에게 찾아가
직원에게 연장 값을 치르고 나니
나를 인식한 벗이 연장 값을 다시 봉지에 넣어주었다
매대를 둘러보니 토끼털 귀마개 달린 모자가 눈에
띄었다
'겨울산에서 약초 하며 귀도 시렵겠지' 하여 모자를
봉지에 넣으니
"너 화선지 필요하지?" 하며 큰 봉지에 한 무더기
넣어주었다
붓글씨 쓰시는 교수님께 필요한 것이어서 말없이
받았다
벗의 따듯한 마음이 고맙고 미안하여 고맙다는 말
조차 수줍어 못했다

장어집에서 나와 입에 담배 물으며
"너는 무슨 담배 피니?"

'나의 담뱃갑을 보여주었다'
불붙인 담배를 나에게 맡기고 편의점으로 들어갔다
초콜릿 커피 2, 담배 2, 전주초코파이 1
버스 정거장 옆 쌈지 마당 의자에 앉아
초콜릿 커피를 마시며 담소하였다
가난한 글쟁이라고 배려해 주는
벗의 따뜻한 마음은 값진 행복이었다
자정이 지난 시간
버스에 오르는 벗을 배웅하고 돌아가는 길
네가 좋아할 것 같아서 초콜릿 커피
담배가 다 떨어진 것 같아서 담배
맛있는 것 주고 싶어서 전주초코파이
지난 낮의 일도 고맙고 미안한 마음이었는데……
주머니 속의 전주초코파이를 만지작거리며 걸었다

집에 들어서니 각시는 코를 골고 있었다
거실 불을 밝히고 식탁에 전주초코파이 올려놓고
세면을 하고 잠자리에 들었다

거실에서 아내의 노랫소리가 잠결에 들렸다
우리 만남은 우연이 아니야*

.

.

.

사랑해~ 사랑해~ 너를 너를 사랑해*
눈을 떠 벽시계를 바라보니 오전 8시 20분이었다
"작은 거라도 베풀며 살아야 해"
벗의 말이 여운으로 들려오는 상쾌한 아침
나는 무엇을 베풀며 오늘을 살아야 할까
벗의 따뜻한 마음으로 포근했던 잠자리
전주초코파이로 하여 아내의 사랑 노래를 듣는
행복한 황홀이 실핏줄 끝까지 달렸다

* 박신 작사 노사연 노래 「만남」에서 인용.

3부

믿음

꺾인 삶의 때가 있어도 산다는 것은
다시 일어선다는 믿음이 있기 때문이다

유통기한 지난 믿음은 버리고
싱싱한 풀과 같이 일어서야 한다

흐르는 물이 멈추지 않는 것은
당신의 믿음이 시들지 않게 하기 위함이다

하늘의 구름이 흘러가는 것은
당신의 믿음에 어린 슬픔을 흘러가게 하기 위함이다

밤하늘 별이 반짝이는 것은
당신의 믿음을 푸르게 빛내기 위함이다

당신의 심장은 이런 것들과 함께
힘차게 뛰어야 한다

눈물밥

허위허위 넘어가는 고단한 고갯길
내리막 돌부리에 나뒹굴어 흙냄새 맡으니
길섶 풀들이 힘내라고 응원하였다

숲 속 소쩍새 우는 소리에
눈물 한 술로 외마디 힘을 내니
구성진 신세타령이 쪽박에 가득하다

노을 젖은 저문 강에 달 내려오면
몸 안의 달도 휘영청 하여
풀벌레는 울음도 신명 나게 울었다

하루 달려 하루 연명하는
외줄기 길 굴곡마다 알알이 박힌
보석처럼 빛나는 눈물이 밥이었다

도배

구직정보지 활자와 씨름하다가
막연하게 지쳐있는 뻐근한 눈이 감긴다
쏟아져 내리는 빛은 찬란하여도
가슴은 바다처럼 아득하였다

바다에는 한 송이 꽃도 없어
까스름만 일어나 마음 할퀴고
지팡이로 탁탁 두드리며 가는 길에는
돌아가는 레코드판 지글대는 소리만 들렸다

무료강습 도배 배우고 기능사가 되었다
도배지 펼치니 하얀 길이 눕는다
끈적한 고단함으로 치덕치덕 풀칠하면
가족의 행복한 웃음소리가 들렸다

풀 먹은 도배지 받쳐 들어 바르면
천정도 따뜻한 하늘 되고

절망의 벽도 행복으로 가는 길이 되었다

귀갓길 밤하늘에는 좀생이별이 빛나고 있었다

밥알 하나라도

한 닷새 배고파 봐라
파란 하늘도 노랗게 보이고
천정도 빙글빙글 돌아가고
손가락 까딱할 힘도 없어
해바라기인지 달맞이꽃인지
비몽사몽 하다가
느낌마저 가물가물 사라진다

한 닷새 더 배고파 봐라
부모형제도 필요 없고
분노 원한 시기 모략도 필요 없고
권력 명예 돈도 필요 없고
세상에 있어도 세상에 없는 존재 되니
하나님 부처님도 필요 없다

배고파봐야 배고픈 심정을 안다
밥 한술 포도청으로 넘어가야 살고

물 한 모금 목구멍 흘러야 산다
밥그릇 건방지게 걷어차지 말고
소복이 담긴 생명에 감사하며
남은 밥알 하나까지 먹어야 한다

허虛

쌀 항아리 바닥 긁는 소리 들리면
마음에 수심만 가득 채워져
방안에 들어찬 무궁한 바람에
애면글면 잠 이루지 못하는 밤

비워진 뱃속 채우고
비우겠다고 염불하는 모순
비우고 채워야 하는 것은
살기 위한 방편이니 어찌하랴

세월없는 허공에 비워지는 몸인 것을
비로소 우주만물 들여놓은 허虛인 것을
옆 풀 데기 빈 항아리 놓지 않는다면
탓할 이도 없으리

밥을 먹고 쌀 항아리 들여다보며
아직도 쌀이 있네
함지 웃음을 웃는다
허虛허虛허虛

삶 1

오염된 희망마저 삼켜야 하는

비애의 열정이 저녁노을로 숨어들어

삶의 의미를 궁금해한다

가슴의 단내만으로도

저녁노을은 황홀한 것

하루가 또 저물었다

삶 6

알면 어떠하고
모르면 어떠하랴

알면 아는 대로
모르면 모르는 대로

흘러가는 물처럼
그냥 사는 것이지

그냥 산다고
넋 빠졌다 하지 마라

그냥 살아도 만물이 보이고
마음도 물처럼 흘러가나니

사는 것에 무슨 답이 있다고
삶을 질문하며 방황하는가

나무의 의지

바람 불면 들리는 울음소리
울지 않고 서 있는 것들은 하나도 없었다
작은 바람에도 두려워 흔들리던 굴종의 시절에는
하늘로 오르기보다는 깊이 숨어야 마음이 놓였다
둥근달 뜨면 홀로 서는 수행으로 안팎을 다듬어
둥글어진 몸 안에 흔적 하나 남기고
뿌리에 살찌울 때마다 별오름 하였다
어둠이 싫은 몸이 가지의 뿌리 되어
흔들리며 두려워했던 시절을 기억한다
고치실처럼 여린 촉수는 강철 같은 생명 있어
암석마저 뚫으며 어둠의 깊이를 향하고
허공에 드리운 몸에 무릉도원 만들어
아름다운 평화로 새들의 둥지 보듬어주며
천년을 살아도 처음처럼 그곳에 있다

가을 엘레지

그녀의 옷자락이 펄럭일 때
말없이 흘러와 낙하하는 폭포수 소리가 들렸다
푸른 계절의 열풍 이겨낸 초록의 묵시록은
사랑의 증표로 단풍의 엘레지를 노래하였다

떠나는 것이 두려워 주춤거릴 때
하늘은 파랗게 질려 아무 말도 못 했다
서늘한 목덜미에서
마른 잎 부대끼는 소리가 났다

먼지 일으키며
골목길 빠져나가는 바람처럼
가을이 유발하는 쓸쓸한 것들은
어디로 가는 것일까

빈 가지 드문드문 매달린 바삭한 이파리는
다하지 못한 노래로 건조한 꿈을 꾸고 있는지

흔들릴 때마다 가을을 연주하는
최후의 몸짓은 끝나지 않았다

홀로 선 나무뿌리가 가슴에 들어왔다
드러난 생명줄이 시리게 파고들어
명치까지 열려있던 지퍼 올리니
가을의 비명이 몸 안에서 요동치고 있었다

바닷가 석양

태양으로 살았던 하루 말미
수평선으로 질주하는 태양의 박음질에도
태양의 걸음 인식하지 못하고
마주 선 어둠의 문턱을 넘어야 한다

꼭두머리 제 그림자가
태양의 자취를 더듬어 보려면
어둠에 묻히는 노을
둘둘 말아서 가야 한다

파도는 어둠을 넘지 못하고
되풀이 말만 하는데
수평선에 닿아있는 외줄기 황금 길에
쪽빛 바다가 삶이었던 사람

뱃머리 앞세우고 어둠으로 들어가는
재단된 사랑마다 노을빛으로
자벌레 한걸음처럼 세월의 한 눈금
태양으로 넘어가는 일이다

노을 메시지

비 그치니 하늘이 옷을 벗고 있다

소리 없이 날아가는 두루미처럼

밝고 어두운 구름이 어우렁더우렁 하늘을 열며

보여주는 형상은 암호처럼 전해주는 메시지 같다

창 닮은 하얀 구름이 북한산 능선 위에 토막 져 있다

노을 지워지는 구름이 검게 물들어간다

하늘도 검은 옷으로 갈아입고 꿈꾸러 가는 시간

어둠에서는 어두운 구름이 보이지 않는다

희미하게 보이는 구름처럼 흘러가는 삶

토막 난 오늘에도 다시 피는 꽃처럼

다시 물드는 노을의 메시지를 기다리며

흑진주처럼 반짝이는 어둠이 되어야겠다

망부석

당신이 돌이 되어 떠났을 때
울다가 망부석이 되었다
굴러다니다 둥글어지면
굴러올 것이라고 믿으며
정수리에 밤하늘 별들을 부르며
신선한 새벽이 오면
당신이 올 것 같아 설레었다
서녘 노을에 슬퍼도 꺾을 수 없는 목
백 년을 서서 부르면 돌아오려나
열백 년을 목 터지게 불러야 하나
저기 별똥은 누구를 찾아가는지
밑동에는 풀들이 무성하게 자라는데
쓸쓸한 바람만 휘돌아간다

옥인봉

-김영호 시인과 산행

청계산 자박자박 오르며
아직은 푸른 잎 바라보며
단풍누리 되는 날 헤아려보고
잘려진 나무 밑동에 마음 아파하고
청계 같은 영혼의 숨소리
귀 기울여 침묵을 듣다가
옥인봉 난간 아래 칡넝쿨처럼
얽혀가는 따뜻한 정을 느낀다

산새들 먹이 챙겨 뿌려놓는
따뜻한 손길
산지기 행상의 막걸리와 컵라면 사놓으며
팔아주고 싶다는 따뜻한 마음
배낭 풀어 김밥을 나누고
사과, 호두, 아몬드, 삶은 계란의 후식은
따뜻한 정의 포만감으로 행복하였다
온 누리 사랑으로 행복한 영혼을 보았다
나의 영혼도 저러하기를……

소박한 꿈

영원한 허공의 결정체로
가없이 널려있는 것들 품고서도
빈자리 넉넉한 너처럼 되고 싶다

침묵으로 올라오는 새싹의 계절에
자장가 불러주는 엄마의 품같이
포근한 평안의 빈자리 만들고 싶다

그리하여 하늘의 노래 부르며
조각나 찾아오는 슬픔에게
푸짐한 빈자리 내어주고 싶다

슬퍼하지 마세요
하늘만큼 큰 자리 있어요
그런 광고판 언제쯤 걸어놓을 수 있을까

육신의 소고

유년기에는 철없이 놀이에 열중했고
학창 시절에는 이상 좇아 날 세우고
사회 나와서는 많은 일들 겪으며
혹사한 몸뚱어리 소진되는 세월
발목이 뚝 하면 무릎이 뚜 둑
손목이 뚝 하면 팔꿈치 뚜 둑
기지개 켜니 어깨가 우두둑
목 돌리면 두둑 뚝 소리에
모래 쓸리는 합창 들리고
허리 돌리면 등뼈도 우 둑
폐차장이 절로 생각나는구나
눈마저 침침하고 가끔가다 귀에서는 웽~
녹용, 홍삼, 경옥고, 공진단, 영지버섯, 산양산삼
다 먹었어도 살 뚫고 나오는 뼈마디 교향곡

할아버지 어디 아파
아니
그런데 왜 몸에서 뚜 둑 소리가 나
으~응 너도 나이 들어봐

정릉천 다리 밑에서

북한산 계곡을 맑은 함성으로 내리질러
너덜경 굴곡마다 물껍질에 주름지어도
빗방울 속도로 앞선 물 밀어주며
달리는 물줄기에 물풀이 누웠다

폭포마다 부서지는 맑은 거품은
낙하한 물 딛고 물벽 거슬러
고향으로 가려는 부서진 몸짓은
뒷물에 밀려 흘렀다

두 줄기 길 헤어져도 다시 만나 한 몸 된다
다리 밑에 물풀로 누워 물소리 들으니
수많은 물방울 소리에서
그리운 아버지 음성이 들렸다

다리 밑에서 주워왔지
그 말 듣고 슬펐었는데 지금도 슬프다
아버지
저 주워 가세요

4부

백혈白血

하늘 우러르면
무한 중천 끼룩대며
쇠기러기 날아가는 북녘

흰구름 먹구름 넘나들어
비 내리는 봄이면
한 빛으로 푸르른 산하

그리움도 지쳐 떨잠처럼 떠는 밤
얼마나 아픔으로 있어야
하나의 몸뚱어리 피돌기 하나

눈부신 그림자들
빛 되어 빛나고 있는데
아직은 펑펑 함박눈 오는 밤

남녘 꽃소식 흘러가는데
열리지 않은 지척에
백의 펄럭이는 깃대봉 세울 수 없다

풀

홀로 울지 않는다
홀로 일어서지 않는다

밟혀도 함께 밟히고
일어서도 함께 일어선다

폭풍우에 쓸려가지 않고
뽑히고 뽑혀도 살아난다

부드럽고 연하고 여려도
강철보다 강하고 단단하다

푸름이어서 꺾이지 않았고
푸름이어서 잠들지 않았다

촛불 2

잠깐 고요했을 때
온몸으로 파르르 떠는
불여울이었다

세풍世風의 미세한 느낌에도
너울너울 부대끼는
여린 마음에 눈물이 났다

작은 몸짓이어도
어둠 몰아낸 방에서
나도 파르르 떨었다

방에서 나와 광장으로
군중의 손에 올려진 촛불은
분노의 함성에 너울거렸다

밤 깊을수록 밝아지는
여린 불 하나에
작은 방은 광장이 된다

종

소리가 잠든 몸이
흘러온 천년의 침묵

애환의 간장은 종각에 매달려
애끓는 소리 길게 누운 산하

몸에서 흘러흘러
너울너울 날아날아

천년의 침묵 풀어헤쳐
얼싸절싸 비벼 대고픈 천지

누구든 상관없이 쳐라
몸 안의 소리 무진장 주련다

당신의 아픔은 세워야 합니다

힘 있는 자들의 횡포에 분노하고
힘없는 자들의 비명에 뼈 녹는 아픔으로
당신은 울어야 합니다

밝아도 밝음인 줄 모르는
잔혹한 세월의 가냘픈 생명을
당신은 피 터지게 노래해야 합니다

잔혹함으로 생명을 버린 꽃들에게
무심히 홀로 피어 숨죽여 우는 꽃에게
당신의 아픔을 바쳐야 합니다

바람에 떠는 산야의 시초詩草처럼
하얀 밤에 아픔으로 떠는 당신은
시詩의 민民을 해산解産하여야 합니다

꺾인 자들의 모가지가
당신의 아픔으로 세워져
시민詩民의 노래가 삭막한 세상에 흘러야 합니다

세월의 명제

태어나기 전에는
세월이 없었습니다

세월 없어 죄 없으니
하나님 부처님 없었습니다

과거 현재 미래도 없어
추억 배고픔 소망도 없었습니다

처녀 총각 눈 맞아 태어난 자아
선물 받은 세월이 시작되었습니다

세월 있어 죄 있으니
하나님 부처님 있었습니다

과거 현재 미래 있으니
추억 배고픔 소망이 있었습니다

차지했던 허공 돌려주니
세월이 없었습니다

바랑

줄에 꿰인 바가지 지고 가다 내려놓고
바가지 어르는 할머니 앞에서 구경하는데
가장자리 놓인 조롱박 주었다는 엄마의 태몽
조롱박만한 복 갖고 양어깨 탯줄 감고 태어나
중僧 될 팔자라고 말씀하셨다

엄마는 개천 건너 무녀에게 내 이름을 팔았다

대문 밖 목탁소리 들리면
엄마는 항아리 쌀 한 바가지
탁발 중에게 시주하며 자식 축원하셨다

중僧 될 팔자라 그런지
조롱박만한 복에는 탁발하듯
연명할 양식만 바랑에 채워지고
끊임없이 찾아오는 화두는 머리에서 맴돌며
허공에 매달린 달 되어 방랑 세월 보냈다

바람만 잡히던 방랑의 세월에 뜨끈해진
머릿속 화두가 노릇노릇 익으면 맛나게 먹으며
해와 달이 몇 번이나 뜨고 지는지
윤회의 족적이 어떠한지 궁금해하지 않았다

방랑 세월에 피곤한 다리
밝음이 어둠이고 어둠이 밝은데 주저앉아
윤회의 생에 양어깨 감고 나올
항하사 모래알 엮으며 탯줄 만든다

정릉천 물소리

일주문 앞에서 염불 듣는다

세속의 연緣 비우고

무심으로 염불 따라간다

텅 빈 마음에 꽃이 핀다

향기롭다

바람이 된다

세속에 향기가 가득하다

정릉천 물소리가 마음에 들어와

꽃밭에 물을 준다

산산이 부서져 사라져가는 내가 보인다

마음에 허무가 들어왔다

공空으로 우주가 된다

어둡다

염불소리 따라 세속으로 돌아와 눈을 뜬다

다시 정릉천을 산책한다

무아심無我心

산책길 따라 도달한 삼각산 경국사
일주문 옆 내 인생 같은 오그라든 단풍잎
소나무 늘어선 끝 머리에 다비장 하는 단풍나무
맞은편 홀딱 벗은 느티나무 아래 수북한 갈빛 낙엽
사찰 너머 오는 염불 나무아미타불에
목탁은 따르르 탁 따르르 탁…

극락교 머릿돌에 기대어 염불에 젖은 몸
정릉천 너덜겅 물처럼 흘러
시공의 무량겁 윤회하는 무아심
의식 없는 까막한 우주에 찾아온 진여
육탈하고 남은 뼈는 때각때각
시공의 윤회 소멸한 허무가 무량하다

우화羽化

생에서 죽음으로 건너간다 하지만
세세생생 거쳐 가는 윤회의 삶이었다

이파리에 붙은 알에서 애벌레 되기까지
의식으로 건너가는 부화의 꿈속에 있었다

유전의 기억이 전해져 꼬물거릴 때
이파리는 소신공양으로 구멍 뚫렸다

뚫리는 구멍은 죽어가는 허공의 길이었고
넓어지는 허공은 번데기로 건너가는 길이었다

햇볕의 다비장으로 건너간 번데기는
우화를 기다리는 고요한 죽음이었다

첫 새벽 오듯 살아나는 부윰한 의식에
어느 생에서 했던 외사랑이 안개처럼 피어올랐다

꽃봉오리 열리듯 찾아온 개벽
젖은 날개 말리며 벗은 껍질 바라보았다

죽음 건너 윤회한 자취 더듬어 보아도
몇 번의 전생 건너왔는지 알 수 없었다

나무보살

나무는 자라면서 외로움을 알았다
스스로 가지가지 손 내밀어
봄마다 새순 내어 이파리 춤추었고
단장한 단풍으로 영화롭기도 하였다

해마다 부활시킨 한해살이 이파리
불어오는 찬바람에 보낼 때를 알고
훨훨 떨구어 추운 흙 덮어주며
몸 안에 동그라미 그렸다

육보시 하던 날
하늘은 파랬다
실려 가는 몸뚱어리 배웅하는 밑동
빼곡한 동그라미 속살은 눈부셨다

아득한 영겁의 길 윤회하는
수행의 길 육보시 공덕은
어느 겁에 환생해서
대천세계 환한 연꽃이 될까

면벽수도

마음 가득한 것들 비워낸
물아일체物我一體의 침묵이 화두였다

광대무변廣大無邊의 자아가 숙성된 고요는
태고의 깊은 숨소리였다

벽력의 희열로 눈 뜨고 저
영혼의 껍질 벗겨 허공 되는 것이다

화백의 면벽은
붓으로 배설하는 생각이다

이색 섞어 창조된 색채는
수직의 평면에 이입된 화두이다

직선을 끌고 가며
붙박아 놓는 화현化現의 채색이다

신흥사*

피눈물 젖은 망국 산야 발걸음 하던
만해의 노래는 타고 남은 재가 기름이 되어
무명의 길 앞서간 발자국을 찾는다
그루터기 썩어도 푸른 생명 돋아나듯이
진흙탕 뿌리내린 싹 돋움 어찌 없으리
자비의 울력으로 싸리비 엮어
이 마당 저 마당 닦음 하여
천하에 무량수전 앉히고 싶다

일주문 들어선 신흥사 도량에
우람한 침묵으로 높이 앉아 계신다
미망迷妄에 어두운 아수라장 보고 계시는지
진흙탕 연꽃 아직 이어서 애태우시는지
추적추적 내리는 빗줄기 속에서
두 줄기 눈물의 설법이 흘러
죽장망혜 얼어붙어 길을 잃고
등골 서늘하게 망연자실하였다

* 강원도 속초시 설악동 설악산에 있는 절.

대웅전

침묵을 읽어라
미소를 읽어라
눈빛을 읽고
어둠을 읽고
세월을 읽어라

말 없는 저것 앞에서
없는 말을 바라본다

영겁의 시간이 허虛하다
가섭의 연꽃을 읽는 미소
꼬리지느러미 사래질하는 잉어 한 마리
엄마 젖꼭지 빠는 아기
바람의 경소리 뎅그렁 뎅

백발 되어 돌아보니

가을 동천에 신성 반짝일 때
얼마나 많은 전생 윤회한 첫울음이었을까
모성의 비릿한 젖냄새 좇아
부드럽고 따뜻하고 포근한 가슴에 젖꼭지 빨았고
배고픈 울음에 모성은 변함없이 배 불려주었다
어제의 기억도 내일의 생각도 없는 몸
수시로 다가와 미소 짓는 커다란 얼굴 보며
학습된 기억으로 의미 없이 빙긋 웃으면
환호의 소리 있어도 의미를 몰랐다

천정만 보며 버둥대던 사지에 힘 올라
몸 뒤집어 발로 밀고 손으로 끌어당기는
바닥의 배밀이 길은 목적이 없었다
홀로 앉아 눈높이 높아진 날에는 사방을 보았고
모성이 도리도리 짝짝꿍 쬠쬠을 노래하면
처음 하는 몸짓이 도리도리 짝짝꿍 쬠쬠 이었다
그것이 순종이라는 것을 그때는 인식하지 못했다

섬마섬마 노래에 홀로 서며 흔들리다 주저앉고

걸음마 한 걸음에 주저앉고 서너 걸음 떼며 주저
앉다가

아장걸음에 양손 내밀어 너울짓 하는

모성과 부성은 기쁜 음성으로 몸을 불렀다

부성이 손바닥에 두 발 세워 허공에서 섬마 하니

처음으로 무서움에 눈 뜨며 기울어지는 몸을

부성의 손이 기울어진 만큼 먼저 가서 세워주었다

세상에 홀로서기 훈육이 몸으로부터 시작되었다

눈 높아질수록 호기심과 생각이 의식과 함께 자
랐다

갖고 놀던 장난감 시들해지면 또 다른 장난감 주
어지며

날이 갈수록 바구니에는 폐기된 호기심이 수북하
였다

모성의 따뜻한 손잡고 가며 소유의 호기심 발동
하면
　이루어지지 않는 뜻에 발버둥질로 하늘 진동하는
통성울음에
　뜻 받아주는 모성으로 만족한 웃음 지으며
　순종에 거부하는 몸의 방식을 체득하였다

　몸 자라며 집에서 벗어난 동네는 놀이터였고
　구슬 딱지 따먹기로 재산도 불렸고
　자가용(굴렁쇠)도 마련하여 부티나게 뛰어다녔다
　상급학교 진학해 가며 이성, 지성, 감성이 갖추어
지고
　사랑에도 눈뜨는 그리움의 세월도 찾아왔다
　자라기를 멈춘 몸에는 앳된 목소리가 청춘의 목
소리 되어
　몸 끌고 다니는 세상의 바다에서 출렁거렸다

거울 들여다보는 쭈글한 얼굴에 백발
웃고 울고 서운하고 기쁜 일도 많았지만
지나온 날들 추억하니 사람 노릇 못했어도
비바람 눈보라 맞으며 사느라고 몸아 수고하였다
살아보니 성경의 말처럼 헛되고 헛되니 헛이었다
헛됨을 이루기 위해 희망 절망 원한 분노 사랑 인
내가 필요하였다니
윤회하는 세세생생에 왜 태어나 헛되어야 하는지
알 수 없었다
허虛허허 허탈한 늙은 웃음이 해탈이었다

리틀피플이 사는 아름다운 숲 속

그리고, 소녀는 소년을 사랑했었네
너무 너무 사랑했었네
자기 자신 보다도 더 사랑했었네
– 쉘 실버스타인

임혜신 ㅣ 시인 · 번역가

여름이 깊어가는 이곳은 플로리다 동쪽 해안가입니다. 박병대 시인은 참으로 먼 곳까지 시집 해설을 부탁해왔습니다. 문득자신의 시들이 먼 별에서 보기에 어떠냐고 물어온 것인지도 모른다는 생각을 해봅니다. 플로리다는 지금 태풍이 지나가고 있습니다. 태풍의 시간은 글을 쓰기 아주 좋은 시간이지요. 폭설의 시간처럼 말입니다. 문을 닫아걸고 태풍의 열정, 태풍의 광기, 그리고 간간 숨을 멈추는 태풍의 비극적 고요 아래 숨어들어생의 깊은 곳을 더듬어 볼 수 있는 지극히 내적인 시간이니까요. 그런데 태풍은 대체 얼마나 깊은 사연이 있어 저토록 파괴적인욕망을 몰며 해안을 휩쓸어가는 걸까요. 바다에서 태어나 육지에 이르러 죽어가는 짧은 바람의 생애, 아주 느리고 아주 파괴적인 그에게도 있었을 빛나던 날들을 생각해 봅니다. 바람에게도생명이 있다면 있겠지요. 태어났다 사라지는 그 무엇도 온전히

무생일 수는 없으니까요. 생이 있다면 슬픔과 절망과 구원을 향한 염원도 아마 있겠지요. 꽃과 가을 여치와 들판을 나르는 노랑나비와 당신과 나처럼 말입니다. 빠랑뜨리띠스라는 인도네시아의 해변에는 사랑하는 사람을 잃고 몹시 화가 난 여신이 살고 있다지요. 그래서 그 해변의 파도는 거칠고 위험하답니다. 그 여신처럼 태풍도 사랑하는 사람을 잃었을지 모릅니다. 저 광란의 바람도 키웨스트, 잭슨빌, 델라웨어를 지나 캐나다 해변에 이르면 쓸쓸한 옷깃을 끌며 어디론가 자취도 없이 사라져가겠지요.

몇 주 전에 나는 일에서 풀려나 일주일간 뉴욕으로 여행을 할 기회가 있었습니다. 일정이 넉넉한 것은 아니었지만 해설을 쓰기로 했으니 비행기 안에서나 전철, 깊은 밤 숙소에서라도 시를 좀 읽자 싶어 랩탑과 함께 박병대 시인의 원고를 출력하여 가방에 넣었었습니다. 코비드로 인해 수많은 사람이 죽어갔던 곳, 조오지 플로이드 살해 사건 이후 'Black Lives Matter' 프로테스트가 화염 속에 총격전을 벌이던 그 거리 곳곳에서 나는 그의 시를 읽었습니다. 종말의 불안에 떨던 소싸이어티는 다시 오픈을 했고 거리는 어느새 붐비고 있었습니다. 최소한 겉으로는 아무 일도 없었던 듯 했습니다. 코비드19라는 강도 9의 태풍은 정말 지나간 것일까요. 세상이 이렇다 보니 근간의 시들은 한국시도 미국시도 온통 트라우마, 상처로 가득합니다. 책 속이 전쟁터 같습니다. 반면에 그 트라우마를 치유하려는 쪽의 시들의 방어벽도 만만하지 않습니다. 내면을 성찰하고 치유를 꿈꾸는 Visionary, 초월의 시들이 그쪽이지요. 박병대 시인의 시는 단연 후자에 속합니다. 그는 우리가 얼마나 아픈가 보여주는 것보다 그 아픔을 어떻게 보듬을까를 생각하는 것이지요. 그 방법으로 배려와 연

민과 자비를 제시합니다. 환경보호, 동물보호 같은 Movement
와 더불어 그런 시들은 긍정의 방향으로 인간 역사, 그 훼손된
카르마의 방향키를 틀어보려는 행위로서 역진화, 혹은 최소한
느린 진화를 추구하는 것이지요.

　박병대 시인은 정릉천이라는 외곽의 천변에 살고 있는 듯합니
다. 작고 순한 풀꽃들이 천변을 따라 때로는 무성하게 때로는 쓸
쓸하게 피었다 지는 외곽 풍경은 시집의 곳곳에 나타납니다. 무
심히 빛나는 조그만 것들을 사랑하는 그의 착한 시혼을 가장 잘
보여주는 시는 시집의 첫 장에 실린 「카페」라고 할 수 있습니
다. 카페의 이름이 리틀피플입니다. 눈동자가 맑고 배움의 열망
이 반짝이는 카페 여주인은 사실 박병대 시인이 이 시집을 통해
사랑을 바치고 있는 착한 사람들의 대명사이기도 합니다. 순한
풀잎이며 그 사이로 맑게 흐르는 시내이며, 그 곁에 묵묵히 피었
다 지는 사람이며 자연이기도 합니다. 차를 마시며 여주인의 맑
은 영혼에 귀 기울이는 시인의 시선도 그 못지 않게 순정합니다.
착하고 낮은 사람들이 만나는 '리틀카페', 그들은 돈이 많은 부
자는 아니지만 누구보다도 영혼이 풍요한 진정한 부자입니다.
바라볼 줄 알고, 사랑할 줄 알고, 내어줄 줄 알고, 배려하며 귀 기
울일 줄 아는 진정 행복한 사람들이지요.

　　눈동자가 맑았다
　　천진한 웃음소리는 맛깔스러웠다
　　배움의 열망이 예리한 칼날처럼 번쩍거렸다
　　보도블록 틈새에 솟은 낮은 풀이었고
　　낮은 데로 흐르는 물이었다

극기로 연명하는 푸르고 싱싱한 삶
꽃뿌리 딛고 꽃핀다는 믿음 간직한
그녀는 낮은 것을 사랑하여
상호도 리틀피플 카페 사장님이다

시詩 쓰고 싶다고 말하였다

아메리카노 마시며
낮은 것들 보듬고 눈물도 흘릴 거라는 믿음 심었다
카페 나서는데
다음부터는 꼭 커피 안 드셔도 되어요
상냥한 미소로 말하였다

리틀피플은 푸른 생명을 보듬고 있었다
처음 카페에 갔을 때 그녀에게 물었다
마음이 얼마나 예쁘길래 아름다운 카페를 하나요
하늘을 보니 맑았다

-「카페」 전문

　시를 쓰고 싶어 하는 카페 여주인에게 박 시인은 마음이 얼마
나 예쁘기에 아름다운 카페를 하나요? 라고 묻습니다. 커머셜리
즘으로 한없이 삭막해진 세상의 외진 곳에 작은 꽃처럼 피어나
푸른 시의 지폐를 주고받는 그들에게서는 도시인의 가슴에서 잊
혀져가는 따스한 사람의 목소리가 들립니다. 그러니까 이 시는
작고 착해서 빛나는, 정있는 사람들을 위해 바치는 헌시입니다.
낮은 것에의 사랑은 그의 시 곳곳에 묻어납니다. 때로는 꽃으로,

노을로, 옛 애인으로, 아내로, 나무로 친구로 변화하면서 말입니다. 세상이라는 천변을 지나 마침내 해탈의 대웅전에 이르기까지 리틀피플에 대한 사랑을 근간으로 시집은 전개됩니다. 그런 그의 애정함은 시 '풀'에서 보여주듯이 순하지만 강인합니다. 부드럽고 연하여 폭풍우에 쓸려가지 않고 강철보다 단단한 푸름이어서 밟혀도 함께 밟히고 일어서도 함께 일어서는 그런 사랑입니다. 밤새 폭풍이 할퀴고 간 뒤, 큰 트라우마가 남는다 해도 그 부정적 체험만을 한탄하지 않고 다시 찾아온 아침을 노래하듯 살아내는 그런 풀입니다. 폭풍이 그친 뒤의 빛나는 햇살처럼 말입니다. 자연은 정말 상처를 잘 잊습니다. 나무도 풀도 산도 강도, 폭풍도 그러합니다. 서로 꾸짖거나 정죄하지 않습니다. 꽃 피우고 꽃 지우며, 폭우에 갇히고 폭설에 무너지지만 그 순간이 지나가면 금세 잊습니다. 인간만이 망각조차 잊지 않으려 이토록 인위적 고뇌를 하는 게 아닌가 싶습니다. 그렇다면 자연의 세계는 인간이 그토록 이르고 싶어 하는 해탈의 경지에 가 있는 것일까요? 그건 알 수 없지만 풀꽃처럼 작고도 강한 사랑을 품고 산다면 어떤 세파가 밀려와도 삶은 빛날 수 있다는 것을 말 할 수 있겠습니다. 그런 사랑은 우듬지에 일어선 꼿꼿한 꽃 같아서 고독할수록 더욱 튼실한 심지를 품지요. 고독을 일궈 꽃을 피우는 사랑이 아니라면 사랑은 또 하나의 헛된 욕망일 뿐 아닐까요.

딛고 일어설 곳 있어
마음 할퀴는
고독도 눈을 뜬다

홀로 빛나는 색채
눈부시게 찾아온
한 밤 마음의 펄럭임

꽃은 나 같아서
우듬지에
홀로 일어선 고독이다

－「꽃은 나 같아서」 부분

 작은 것을 향한 그의 사랑을 박병대 시인은 외사랑이라 부릅니다. 왜 그는 이 착한 사랑을 외사랑이라고 부를까요? 그것은 그가 사랑하는 대상으로부터의 아무 댓가를 바라지 않는 때문입니다. 깊어진 모든 사랑은 아마 다 외사랑일 것입니다. 사랑하는 대상이 알아주거나 몰라주거나 대답을 주거나 아니거나 그 대상의 아름다움을 알고 그 앎을 누리는 것만으로도 행복하고 기쁜 그런 사랑이지요. 그것은 허무한 사랑일 수도 있지만 현명한 사랑이기도 하며 아주 높은 경지의 큰 사랑이기도 합니다. 외사랑의 댓가는 사랑이라는 감성의 행위가 주는 환희와 감사 그 자체인 것이니 결코 실패하거나 버려질 일도 없는 사랑이지요.

 외사랑 업을 전생에 지었는지
 마음 아픈 것도 아닌데
 저녁마다 찾아오는 노을처럼

－「너 2」 부분

 외사랑은 이렇게 고독하고 깊어 비록 노을처럼 불타며 사라질지언정 아무것도 해하지 않습니다. 오히려 아름다움을 세상에 선물로 남깁니다. 그러니 외사랑을 이제 사랑의 정토라고 불러보면 어떨까요. 외사랑의 정토에서 사랑은 완성되어 꽃처럼 노을처럼 시내처럼 사랑하는 이의 곁에 이름없이 머무는 것입니다.

> 붉은 노을 품고 가는 구름도
> 바람에 흔들리는 나뭇잎도
> 잔잔하게 흘러가는 강물도
> 허공이 당신께 드리는 선물이에요
>
> — 「당신을 향하여」 부분

박병대 시인의 시 속에 흐르는 또 하나 중요한 시적 정서는 불교입니다. 외사랑이 가능한 것은 바로 그 때문이지요. 그에게 있어 사랑은 허공, 즉 공空의 세계가 세상에 바치는 사랑의 선물이라는 것입니다. 열정과 욕망을 불러일으키는 생명현상이란 무無의 세상이 우리에게 주는 색色의 선물이란 것입니다. 색色으로 피어나 공空으로 소멸하는 영원한 윤회의 외사랑, 그것이 슬프고도 아름다운 사랑의 정토이며 생명의 정토가 아닌가 합니다. 그 정토는 지고의 기쁨과 처절한 비애가 함께하는 지극히 세속적 정토인지라 「낙화의 독백」에서 처럼 비의가 넘쳐흐르기도 합니다.

> 사랑의 무게가 무거워질수록 오만함이 부풀어 올라
> 땅에 떨어져도 사랑받을 거라는 자만심으로 꽃대에서 뛰어 내렸어
> 따뜻했던 햇볕은 찬란한 옷을 벗기고
> 다정했던 바람은 굴려대며 꽃잎 떼어 날리고
> 무심한 발에 밟혀 찢기고 부서진 몸에는 허공이 들어왔어

내 안의 비수 같은 향기가 나를 찔렀다는 것을 알았지
사랑은 사랑받는 자리에 있어야 찬란하다는 것을 왜 몰랐을까
오직, 시인만 나를 보듬고 노래하는 비가悲歌 들으며
살고 싶어 조심했던 풀 비린내 시절을 그리워하고 있어
　　　　　　　　　　　　　　　－「낙화의 독백」 부분

　결국 모든 것을 잃어야 하는 생의 비가는 고독 속으로 그 깊은
뿌리를 깊이 내립니다. 고독은 기쁨과 슬픔, 만남과 이별, 생과 사
라는 생의 양면성을 익히고 묵히고 다시 키워낼 수 있는 아주 풍
요한 내면 공간이지요. 그래서 오래전, 시인 릴케는 그토록 광활
한 고독 'Vast Solitude'를 수 없이 반복하여 이야기했는지 모르겠
습니다. 그 지극히 고전적인 비의의 해결책, 끝없이 광대한 고독
의 경작, 그 노동이 시라는 것에 관하여 말입니다.

　　고독은 껌처럼 달라붙어 술이라도 마시면
　　가슴에 빙산 하나 생겨납니다

　　낮에는 낮대로 밤에는 밤대로
　　고독이 고독을 만나 흔들리고 싶습니다

　　꽃의 고독이 아름다운 것은
　　함께 흔들리기 때문입니다

　　고독이 고독을 찾아가는 까닭은
　　당신의 고독이 나에게는 힘이 되기 때문입니다
　　　　　　　　　　　　　　　－「고독 5」 전문

외사랑의 정토는 아름답지만 비의가 흐르고, 경작하기는 참으로 힘든 척박한 땅이기도 합니다. 비록 인간적 정토이지만 정토인데 쉽게 이를 수 있겠습니까. 왠만한 내공으로는 풀 하나 키울수 없을 수도 있습니다. 하지만 고독과 고독이 만나면 힘이 되어 비의 조차 두렵지 않게

되고 생명을 키우는 밭이 되는 것입니다. 그렇게 그는 리틀맨이라는 한 개인이 아니라 리틀피플이라는 착한 공동체를 그리는 것입니다. 그가 꿈꾸는 동화의 나라 또한 리틀피플의 공동체에 속합니다. 수많은 플롯이 서로 치고 받는 소설이 아니라, 뼈아프게 이루어낸 우아한 시적 경지가 아니라, 그저 함께 어울려 살아가는 천진한 동화의 나라말입니다.

누가 나에게
시詩같이 살래 동화같이 살래 하고 묻는다면
동화같이 살겠다고 대답하겠다

시詩같이 사는 것은
응축된 얼음과도 같은 것
사색과 방황과 생각이 버무려져
응축을 풀어가며 결론에 도달하는 것
무거운 짐 내려놓기까지
핍진의 질곡 수없이 넘어야 하는
불타는 가슴의 화형식
뜨거워도 얼음처럼 냉정한 결정이어야 하는 것

동화같이 사는 것은

사색과 방황과 생각을 필요로 하지 않고
의미 묻지 않는 과자봉지 과자처럼
번뇌 없이 쌈빡하게 결론에 도달하는 것
흙으로 두꺼비집 짓듯이
막대기 쳐들어 칼싸움하듯이
굴렁쇠 굴리며 신나게 달리듯이
호기심으로 가슴의 심장 뛰듯이
사는 것만큼은 동화같이 살아야지

-「사는 것 만큼은」 전문

시인은 응축된 얼음과도 같은 사색과 방황의 무거운 짐을 내려놓고 의미를 묻지 않은 과자봉지처럼 천진한 세상에 살고 싶어 합니다. 그는 시적인 삶 또한 고통스런 삶이란 것을 알고 있습니다. 생각하는 삶이며 의미를 캐고 경작하는 삶이며 수없이 반성하는 삶일 테니 시적 삶은 시인에게 주어진 짐일 수도 있습니다. 그러므로 그는 나뭇가지에 해 줄기가 내리쬐고 풀벌레 우는 곳, 사나운 바람도 찾아와 겸손해지고 뜨거운 바람 찾아와 청량해지는 숲속 동화마을을 꿈꾸는 것입니다. 그 모든 상징의 장소 중 가장 천진한 곳, 그곳이 동화의 마을입니다. 태초의 순수가 숲을 이룬 조화 Harmony의 세상입니다. 모든 의도적 선을 폐기한 뒤에 이르는, 무심으로 풍요한 세상, 그것이 그가 꿈꾸는 동화의 세상이며 깨달음의 세상이며, 리틀피플이 사는 외사랑의 철없는 정토이며, 생명 에너지가 넘치는 원초의 세상이지요. 하지만 그것은 소망일 뿐 일상은 누구에게나 여전히 남루할 뿐이지요.

싱크대는 살림을 씽크
빛나는 그릇들은 벌린 입으로 씽크
냄비는 뚜껑 닫힌 입으로 씽크
프라이팬은 그것들보다 넉넉한 입으로 씽크
여러해살이마다 살림이 있어
수도꼭지 열면 쏟아지는 씽크
싱크대의 일기장 끝말은
오늘도 살림이라 적어놓고 씽크

씽크는 나에게 물었다
"살아있기는 한 거니"
"응!"

"살림살이 잘하고 있어?"
"응!"

정말 그런가
씽크

－「살림살이」 전문

　이 시 속의 사물들은 시인에게 당신은 살아있는 거냐고 묻
습니다. 박병대 시인은 "살아있다"고 넋빠진 사람처럼 서서 대
답합니다. 그러면서 "그냥 산다고/ 넋 빠졌다 하지 마라(「삶
6」)"라고 단언도 잊지 않습니다. 싱긋 웃으며 넋 빠진 듯 그냥
사는 삶이 어쩌면 진정한 삶이라는 것을 암시하는 것이지요. 좀
복잡하게 이야기 한다면 공空을 헤집어 색色을 찾지 말라는 말이
며, 공空을 색色으로 재단하지 말라는 말이기도 하겠습니다. 그

리하여 그의 사유는 넋빠진 공空의 세상을 색色의 세상과 연결시키게 됩니다. 리틀피플이 리틀피플이 아니듯 그냥 사는 사람도 그냥 사는 사람이 아니라는 것이지요. 그렇게 더 이상 사유와 불평과 고통을 형상화 하지도 않고 문제 삼지도 않으며 절망과 불평과 분노와 원한과 관계하기조차 끝낸 뒤, 오직 스스로의 삶에 몰입해 있는 순하고 자연스런 세상을 다시 한번 지향해보는 것입니다.

> 강철 같은 생명 있어
> 암석마저 뚫으며 어둠의 깊이를 향하고
> 허공에 드리운 몸에 무릉도원 만들어
> 아름다운 평화로 새들의 둥지 보듬어주며
> 천년을 살아도 처음처럼 그곳에 있다
>
> ―「나무의 의지」 부분

> 조각나 찾아오는 슬픔에게
> 푸짐한 빈자리 내어주고 싶다
>
> 슬퍼하지 마세요
> 하늘만큼 큰 자리 있어요
> 그런 광고판 언제쯤 걸어놓을 수 있을까
>
> ―「소박한 꿈」 부분

이 세상 모든 슬픔에게 푸짐한 자리를 내어주고 싶은 소망은 「종」에서 처럼 처절한 신명의 소리를 내기도 합니다. 사랑과 자비의 마음을 다 열어주고 싶다 하여도 한계를 지니고 살아가야 하는 인간이 할 수 있는 일은 제한되어 있습니다. 주고 싶어도 주지 못하는 한계에 이르러 사랑은 마침내 허虛를 향한 무한의 종소리로 퍼져나가고자 합니다. 그리하여 그는 말합니다. "누구든 상관없이 쳐라/ 몸 안의 소리 무진장 주련다"라고. 종소리는 「세월의 명제」에서 시인이 말하듯 수 없이 피던 꽃들이 마침내 영원히 돌아오지 않게 되는 그 순간이 내는 소리입니다. 상냥하고 부드러운 배려처럼 빛나던 것들이 떠나가는 날, 누군가 무진장 쳐대는 그 이별의 소리이며 그 이별같은 사랑의 소리인 것입니다. 이런 저런 사랑과 이별과 슬픔을 지나 그는 다시 정릉천을 찾습니다. 대체 그가 다시 산책을 나서는 정릉천은 그에게 무슨 의미가 있는 것일까요. 정릉천은 박병대 시인에게 주어진 현실, 바로 현생입니다. 그에게 마련된 일상이라는 타임라인, 그가 살아내야 하는 색色의 세계입니다.

일주문 앞에서 염불 듣는다
세속의 연緣 비우고
무심으로 염불 따라간다
텅 빈 마음에 꽃이 핀다
향기롭다
바람이 된다
세속에 향기가 가득하다
정릉천 물소리가 마음에 들어와
꽃밭에 물을 준다
산산이 부서져 사라져가는 내가 보인다
마음에 허무가 들어왔다
공空으로 우주가 된다
어둡다

염불소리 따라 세속으로 돌아와 눈을 뜬다
다시 정릉천을 산책한다

ㅡ「정릉천 물소리」 전문

염불소리 따라 그가 돌아온 곳은 산 속이 아니라 세속의 천변
입니다. 다시 밥 짓는 소리 들리고 지나는 아낙의 발걸음 소리
들리고 꿈속의 연어처럼 그리운 이들이 돌아오는 세상, 다른 곳
과 조금도 다르지 않은, 그러나 시라는 비애와 열정과 외사랑의
고독이라는 필터를 지나 다시 눈뜬 정토입니다.

아득한 영겁의 길 윤회하는
수행의 길 육보시 공덕은
어느 겁에 환생해서
대천세계 환한 연꽃이 될까

ㅡ「나무보살」 부분

그 허전한 정토 아닌 정토에서 시인은 잘려나가며 육보시 하
는 나무처럼 대천세계 환한 연꽃의 공덕으로 서 있는 것입니다.

거울 들여다보는 쭈글한 얼굴에 백발
웃고 울고 서운하고 기쁜 일도 많았지만
지나온 날들 추억하니 사람 노릇 못했어도
비바람 눈보라 맞으며 사느라고 몸아 수고 하였다
살아보니 성경의 말처럼 헛되고 헛되니 헛이었다
헛됨을 이루기 위해 희망 절망 원망 분노 사랑 인내가 필요하
였다니
윤회하는 세세생생에 왜 태어나 헛되어야 하는 지 알 수 없었다

ㅡ「백발이 되어 돌아보니」 부분

백발이 되어 돌아보는 삶은 그 누구에게나 허무하기 그지 없을 것입니다. 부와 명예를 누린 자, 슬픔과 불운을 살아내야 했던 자 가릴 것 없이 생의 끝에서 그들을 기다리는 것은 결국 허무일 것입니다. 수천의 트라우마로 가득한 공空말입니다. 누군가 말했지요 모든 늙은이의 가슴 속에는 뛰어 노는 소년이 있다고. 백발이 된 어느 날에도 우리들 가슴 속의 소년소녀 같은 열망과 경이는 살아남아 우리의 영혼을 메마르지 않게 지켜줄 것이라는 말일까요. 인류에게 다가오는 미래에 대한 불안은 팬데믹을 지나며 더욱 깊어져 버렸습니다. 깊은 트라우마를 감춘 뉴욕의 타는듯한 거리에서, 보호대 없는 지하철에서, 저 냉정한 대도시의 빠르고 짧고 슬픈 벡터 속에서 나는 박병대 시인의 시를 읽었습니다. 그 안에 꿈꾸는 소년, 리틀피플이 있었습니다. 시집을 덮으며 나는 다시 한번 지상의 곳곳에 들꽃처럼 피어있을 리틀피플을 떠올립니다. 아주 작지만 따스하고 아름답게 빛나는 그 별들을 말입니다.

그대가 누구시든 어디에 있든,
부디 그대 가슴 깊은 곳
별빛 하나 영원히 꺼지지 않기를 바라면서
글을 마칩니다.

2021년 여름
플로리다에서
임혜신

116

불교문예시인선 • 039

정릉천 물소리
©박병대, 2021, Printed in Seoul, Korea

초판 1쇄 인쇄 | 2021년 7월 23일
초판 1쇄 발행 | 2021년 7월 30일

지은이 | 박병대
펴낸이 | 문병구
편집인 | 이석정
편   집 | 구름나무
디자인 | 쏠트라인saltline
펴낸곳 | 불교문예출판부

등록번호 | 제312-2005-000016호(2005년 6월 27일)
주   소 | 03656 서울시 서대문구 가좌로2길 50
전화번호 | 02) 308-9520
전자우편 | bulmoonye@hanmail.net

ISBN : 978-89-97276-53-0 (03810)
값 : 10,000원